757.

Y+ François de Neufchâteau

LE CORPS ET L'AME.

(Discours en vers, à l'occasion du livre intitulé : Doc-
TRINE DES RAPPORTS DU PHYSIQUE ET DU MORAL DE L'HOMME;
par **M.** BÉRARD, *médecin de Montpellier* (1). *Lu à l'A-
cadémie française, dans la séance extraordinaire du mardi
2 décembre* 1823*, sous ce titre :* EXTRAIT NOUVEAU D'UN
VIEUX PROCÈS.)

QUE vais-je faire? un conte? une satire? une ode?
Une épître?... ah! vraiment, il serait trop commode
Qu'on sût d'avance au juste, et comment, et jusqu'où
Pégase peut aller, la bride sur le cou.
Voyons, amis! j'abrège une fameuse cause...
Et peut-être avez-vous intérêt à la chose.
 Entre le corps et l'ame existe un grand procès,
Qui se plaide toujours et ne finit jamais (2).
Leur commerce forcé mal aisément s'explique;
L'accord en est secret, la discorde publique;
Et, si de leurs griefs on relève un précis,
Le fait sera douteux, et le droit indécis.

---

(1) Un vol. in-8°. Paris, Gabon, 1823.
(2) Nos anciens poëtes ont traité ce sujet à la manière de leur
temps. On cite le *Débat du corps et de l'ame,* à la suite de
la *Grant-Danse Macabre,* poëme singulier du quatorzième siècle
qu'on a cru de Michel Marot; mais je n'en connais que le titre, et
n'en ai pu rien emprunter.

De la tête occupant la haute citadelle (1),
L'ame dit que le corps, serviteur infidelle,
Ami très-incommode, ennemi dangereux,
De boue et de limon chef-d'œuvre aventureux,
Retient l'ame à l'étroit dans sa prison d'argile,
Et souvent se croit fort autant qu'il est fragile ;
Coursier, contre son guide en tout temps regimbé,
Ne voyant le péril que lorsqu'il est tombé.

Le corps se plaint que l'ame étant sa locataire,
Marque assez peu d'égards pour son propriétaire ;
Qu'en tyran domestique elle prétend agir ;
Qu'il est souvent pour elle obligé de rougir ;
Que du souffle divin la noble particule (2)
Veut le faire avancer quand il faut qu'il recule ;
Que c'est elle, en un mot, qui le fait trébucher :
Le char verse ; on ne peut s'en prendre qu'au cocher.

Les répliques ici ne se font pas attendre ;
J'en appelle à tous ceux qui veulent bien m'entendre :
Chacun sait son affaire. Eh ! mon Dieu ! qui n'a pas
De ce divorce interne éprouvé les combats ?

L'usage des plaideurs est que chacun s'exerce
A jeter tous les torts sur la partie adverse,
Et trouve, à point nommé, d'habiles procureurs
Pour épouser sa haine et servir ses fureurs.
Ainsi, la question, loin d'être approfondie,
S'embrouille d'autant plus que plus on l'étudie.

---

(1) . . . *Hanc altâ capitis fundavit in arce*
Mandatricem operum.

CLAUD. 4. Cons. Honorii.

(2) . . . . *Divinæ particulam auræ.*

JUVÉN. Sat.

La matière et l'esprit, l'un à l'autre enchaînés,
De se trouver unis l'un et l'autre étonnés,
Tour à tour l'un sur l'autre usurpent la puissance.
Ma raison veut en vain scruter ma propre essence.
Je suis moi; mais enfin, que penser de ce moi
Qui doit être un, et sent deux principes en soi;
Tantôt, par ses besoins recourbé vers la fange;
Tantôt voulant au ciel porter son vol étrange;
Bizarre assortiment de contrastes divers,
Qui pourtant croit rêver les lois de l'univers?
Et quand même on aurait l'ame la plus sensée,
Dans ce grand différend cette ame intéressée
De son autorité doit craindre d'abuser :
Comme juge et partie, on peut la récuser.
Du moral, le physique est l'hôte nécessaire ;
Mais aggravant tous deux la chaîne qui les serre,
L'esprit a des écarts dont le corps se ressent,
Comme des maux du corps l'esprit est languissant.
Trop souvent l'un répugne à ce que l'autre envie;
A les rapatrier il faut passer sa vie ;
Et du nœud qui les joint l'accord mystérieux
Tourmente la raison, comme il échappe aux yeux.
Hélas ! tout est mystère, et l'on veut tout comprendre !
  L'écrivain qui sait tout, pourrait tout nous apprendre:
C'est Bayle. Allons, lisons ! mais, quand on est au bout,
On sait qu'on ne sait rien, et qu'on doute de tout.
Faut-il en revenir à la folle querelle
Où notre grand Molière introduit Sganarelle,
Pour forcer un sceptique à prendre un autre ton,
N'ayant plus d'argumens que des coups de bâton?
Laissons-là ce moyen d'éclaircir un problème.
  De l'ame, dans Psyché, les Grecs virent l'emblème :

1*

Par les fables jadis tout peuple a commencé,
Et l'héritage encor n'en est pas délaissé.

Contre ces fictions dont on berce l'enfance
Enfin l'amour du vrai vient se mettre en défense.
Les Grecs plus mûrs, entrant dans ce nouveau sentier,
En ont frayé depuis la voie au monde entier :
Nous tenons tout des Grecs ; Cicéron le décide (1).

De Scyros, selon lui, le sage Phérécyde,
Éclairant le premier la cité de Pallas,
Dit aux Athéniens : « Ne vous y trompez pas !
» Le corps seul est mortel, la tombe le réclame ;
» Mais la faulx du trépas ne peut atteindre l'ame :
» L'ame est impérissable. Oh ! ne rendez pas vain
» Ce privilége auguste, acquis au genre humain !
» Voulez-vous qu'il aspire à cet honneur suprême,
» De s'élever toujours au-dessus de lui-même ?
» De l'immortalité le flambeau radieux
» Ne doit jamais cesser de briller à ses yeux (2). »

De cet oracle heureux l'assurance certaine
Fut bientôt consacrée au théâtre d'Athène,
Où la philosophie instruisait l'univers
Par l'éclat du spectacle et l'attrait des beaux vers (3).

Socrate s'est rempli de cette grande idée ;
Sur elle, dans les fers, sa constance est fondée.

---

(1) *A Græcis philosophiam et omnes ingenuas disciplinas habemus.*

CICÉR., *Fin.* II, 21.

(2) C'est encore Cicéron qui nous a conservé cette tradition remarquable dans les Tusculanes.

(3) On les trouvera traduits, avec ceux des autres tragiques et comiques grecs, dans la *Philosophie des poëtes*, dont j'ai déjà lu plusieurs fragmens à l'Académie.

De ses juges en vain l'épouvantable erreur
D'Anytus contre lui sert l'aveugle fureur ;
Il n'en est point ému. Peut-elle être ambiguë,
La persuasion qui brave la ciguë ?
Écoutez ce martyr si calme en ses discours !
Il croit à sa doctrine au péril de ses jours.
Oui ! son démon secret, son conseiller intime
Lui dit qu'avec le corps l'ame n'est point victime ;
Il tient de sa raison cet invincible appui....
Et ce démon, chacun l'a chez soi, comme lui.

Platon, par ses calculs et son puissant génie,
Partout du nombre trois poursuivant l'harmonie,
De trois ames voulait nous faire un beau présent (1) ;
C'était trop ! mais son style... Ah ! qu'il est séduisant !
Sa parole, élevant l'intelligence humaine,
Semble de la pensée agrandir le domaine :
On ne lit point Platon sans en être ébloui.

D'un règne universel Aristote a joui ;
Mais ce sage, moins ferme à son heure dernière,
Dit : « Je ne sais pourquoi je vins à la lumière,
» J'ai vécu dans le doute, et je meurs dans l'effroi :
» Grand être, auteur de tout, ayez pitié de moi (2) ! »
Il remonte du moins à la cause des causes.

Cléanthe, au lieu des mots, étudiait les choses.
Dans la foule jeté, sans fortune, sans nom,
Mais long-temps le disciple et l'ami de Zénon,
Il devient après lui l'oracle du Portique,

---

(1) Ces trois ames étaient : 1º la Raison, *in Capite;* 2º la Cupidité, *sub Præcordia;* et 3º la Colère, *sub Pectore.*

(2) Je n'ai pas pu rendre littéralement le premier article de cette prière qu'on prête à Aristote, *Fœdè in hunc mundum intravi,* parce que cette image eût été inconvenante.

Et donne pour symbole à la sagesse antique
Sa fameuse balance où, de l'ame et du corps,
En deux bassins égaux, il pèse les trésors;
Du plateau corporel en vain la charge est forte,
Elle fléchit soudain ; c'est l'ame qui l'emporte,
Et qui l'emporterait, quand la terre et les mers
Joindraient au corps l'amas des biens de l'univers (1).
Que l'image est sublime, et la leçon profonde !
    Ce n'est pas le seul titre où ta gloire se fonde,
Cléanthe ! nous pouvons, au bout de deux mille ans,
Comme ton siècle encore admirer tes talens,
Lorsque nous relisons ton hymne au dieu suprême,
Prière, que pourrait signer un chrétien même,
Vrai cantique, où l'on sent le cœur de l'écrivain
Qui bat, à chaque vers, d'un mouvement divin (2).
    Rome, devant l'esprit abaissant la puissance,
Érige ta statue aux lieux de ta naissance (3);
A cet honneur insigne elle connaît tes droits :
Un vrai sage, pour elle, est au-dessus des rois (4).

---

(1) Cicéron attribue cette balance au péripatéticien Critolaüs ;
mais elle est du stoïcien Cléanthe, bien antérieur à Critolaüs.

(2) Voyez cet hymne traduit en prose par M. de Jaucourt, dans
l'Encyclopédie in-fo, T. viii, page 396; et en vers, dans le Magasin
encyclopédique de feu M. Millin.

(3) A Assus, dans la Troade.

(4) Jean-Baptiste Rousseau a forgé en français le mot de *Zéno-
nisme*, dans un sens de dénigrement. Les Latins au contraire, voulant honorer les principes de l'école stoïcienne, ont choisi le nom
de Cléanthe pour en dériver l'épithète qui désigne chez eux la
morale par excellence. La preuve est ce beau vers de Perse, dont
nous ne pouvons rendre la force et la précision :

    « Fruge Cleantheâ purgatas inserit aures. »
                       SAT. V.

Mais du vrai, les Romains ne saisissent qu'une ombre :
Leur fausse politique admet des dieux sans nombre ;
Et l'on ne peut alors avec impunité,
Du principe éternel divulguer l'unité (1).
Lucrèce en tous ces dieux, ne voit que des fantômes ;
Et lui-même, au hasard accrochant ses atômes,
Croit tuer notre esprit par ces mots si fameux :
• Il naît avec nos sens, croît, s'affaiblit comme eux ;
» Périrait-il de même (2)? » Et la scène romaine
Avilit encor plus sa faible Melpomène
Quand Sénèque ose dire en épicurien :
« Rien n'est après la mort ; la mort même n'est rien (3). »
Eh ! ne l'a-t-on pas dit en un lieu plus auguste ?
Avec surprise encor nous voyons dans Salluste (4)
Comment, en plein sénat, César n'hésite pas
D'appeler le néant un bienfait du trépas (5) !
Le néant, un bienfait ! Quoi ! ta jeunesse ardente,
César, ose risquer cette idée imprudente !

---

(1) « Valérius Soranus, poëte latin du temps de Jules César, fut
» mis à mort pour avoir divulgué des choses qu'il était défendu
» de dire. Il semble qu'il ne reconnaissait qu'un Dieu seul, comme
» le prouvent les deux vers suivans que Varron cite de lui sur la
» nature de Dieu :

> » *Jupiter omnipotens , regum rex ipse, deusque,*
> » *Progenitor, genitrixque deûm, Deus unus et omnis.* »
>   (*Dictionnaire historique de* LADVOCAT.)

(2) Vers de Voltaire, tirés de Lucrèce.
(3) *Post mortem nihil est, ipsaque mors nihil.*
Passage d'Epicure placé dans une tragédie attribuée à Sénèque.
(4) Guerre de Catilina, 51 et 52.
(5) L'opinion de César est un peu enveloppée ; la réponse de
Caton la montre sans voile.

Caton de ton avis démontre le danger,
Et, par malheur pour toi, ne t'en fait pas changer.
Quelle tache sinistre à ton beau caractère !
Oh ! si de l'avenir la crainte salutaire
Pour ta patrie, un jour, touchait ta piété,
Par elle au Rubicon tu serais arrêté (1) !
Mais non, à tout braver ton audace persiste.
Va ! plus tu seras grand, plus ton sort sera triste.
Tu veux tout ! tu l'auras ; mais tremble de penser
Comment, maître du monde, il faudra tout laisser !
La terre est aux Romains par le droit de la guerre
Qui te livre à leur tour les Romains et la terre
Comme une proie immense acquise à tes exploits.
Tu t'en saisis. A peine en jouis-tu trois mois,
Que des ides de mars éclate la journée.

Toi, dont la seule attente au présent est bornée,
Te voyant, au milieu de tes vastes desseins
Surpris par les poignards de soixante assassins,
Que leur dire ? quel frein veux-tu qui les retienne ?
Brutus te doit sa vie, et t'arrache la tienne.
Est-ce un acte sublime ? Est-ce un noir guet-à-pens ?
Entre Brutus et toi, le monde est en suspens :
Qui pourra vous juger (2) ? Hélas ! dans ton système

---

(1) Les voyageurs en Italie voient encore avec effroi, à la porte de Rimini, ce qui subsiste du décret par lequel le sénat dévouait aux dieux infernaux la tête de César, s'il franchissait le Rubicon, à son retour des Gaules.

(2) Ce ne peuvent être les hommes. Dès le temps de Tacite, le meurtre de César paraissait un grand crime aux uns, une belle action aux autres. (Tacit., *Annal.* 1, 8.) Les avis, depuis dix-neuf siècles, demeurent partagés. Même encore aujourd'hui, il y a des Césariens et des Brutistes implacables, et qui ont écrit des volumes les uns contre les autres.

L'état qui suit la mort.tranche.ce grand problème.
Dès qu'au dernier soupir tout pour l'homme est fini,
Le bien est oublié, le mal est impuni ;
L'injustice, à jamais, demeure irréparable.
La chance au méchant seul serait donc favorable !
Humains, faibles humains, pourriez-vous sans terreur
Songer où conduirait une semblable erreur ?

Ah ! si vous adoptez cette horrible maxime,
L'innocence à genoux, tendant la gorge au crime,
Est donc foulée aux pieds, sans espoir, sans support !
Il ne reste qu'un droit, la raison du plus fort !
Les pervers, endurcis dans la scélératesse
Semblent seuls raisonner avec quelque justesse !
Le monde entier n'est plus qu'un vaste cachot noir
Où l'on nous enferma, mais pour nous décevoir !
Les sermens sont des jeux ! la vertu n'est qu'un leurre !
Avec nous, en effet, admettez que tout meure,
Les hommes d'aucun nœud ne peuvent plus s'unir ;
Car le sceau du présent n'est que dans l'avenir.
Eh ! quel pacte obligé, quelle loi consentie
Subsisteraient jamais, sans cette garantie ?
C'est la clef de la voûte ; osez-vous l'ébranler ?
Malheureux ! vos remparts sur vous vont s'écrouler.

Je m'emporte, il est vrai ; mais ma faible poitrine
Voudrait pouvoir tonner contre cette doctrine ;
Et du chantre latin si j'avais les cent voix,
Je ne m'en servirais que pour crier cent fois :
O sagesse en délire ! ô science ignorante !
O d'écueils en écueils incertitude errante !

Quelques esprits légers, riant de mon transport,
De moi diront peut-être : « Il se fâche ; il a tort ! »
Quoi ! donc, ne s'agit-il que d'une facétie ?

Quand il faut raisonner, rire est une ineptie.
Pour moi, je sais fort bien qu'un ton déclamateur
Ne fut jamais celui d'un simple rapporteur ;
Et si, comme Chrêmès, j'enfle ici mon langage,
C'est qu'à hausser la voix la matière m'engage.
Entre l'ame et le corps ce conflit éternel
Fut l'objet le plus grave et le plus solennel
Des méditations de la Grèce et de Rome.
Eh ! qui peut plaisanter sur les destins de l'homme ?
Puisqu'enfin de son ame il tire tout son prix,
Doit-il donc de lui-même afficher le mépris?
Et d'être intelligent si le titre le flatte,
Y renoncera-t-il pour celui d'automate?

Nos modernes docteurs ont été mieux pensans,
Mais se sont trop payés de mots vides de sens.
Qui pouvait rien comprendre aux subtilités folles
Dont leur métaphysique infecta les écoles?
Le grand Gustave, las de leurs absurdités,
Et de leurs *Entités*, et de leurs *Quiddités*,
Crut la métaphysique une peste mentale
Dont la contagion pouvait être fatale.
De la Suède entière il voulait l'exiler (1) ;
Mais Christine est bientôt prompte à l'y rappeler.
Descarte est à sa cour; c'est l'oracle du monde ;
Dans l'abîme de l'être il a plongé sa sonde.
Il dit : « Tout est trouvé ! Je pense, donc je suis ; »
Et chacun le répète. O grand homme, poursuis !
Mais crains d'aller trop loin... Enfin, sa voix proclame :
« La glande pinéale est le siége de l'ame ;

(1) Gustave-Adolphe défendit d'enseigner en Suède la métaphysique comme une chose inutile et plutôt même nuisible.

« Elle y règne. » Fort bien! y sera-t-elle en paix?
Les rois aiment souvent à changer de palais.
L'ame déserte aussi sa maison trop étroite.
    Vient un sage, doué d'une intention droite,
Et d'une vertu rare et d'un savoir profond.
Il reprend le problème et l'examine à fond.
De même que le foie élabore la bile,
Le cœur filtre le sang, l'estomac fait le chyle;
Tel le cerveau, des nerfs rendez-vous général,
Est le transformateur du physique au moral;
Cet organe, en un mot, *sécrète* la pensée
Qui par ce mot nouveau peut se croire offensée,
Mais qui doit admirer le brillant coloris
Des six tempéramens que l'auteur a décrits (1).
Du Bilieux surtout que la teinte est profonde,
Son modèle posait sur le trône du monde,
Et ne se doutait pas qu'un grand peintre à loisir,
Pour la postérité venait de le saisir.
Cabanis mourut jeune et déjà plein de gloire;
Moi qui l'ai vu de près, je chéris sa mémoire.
    L'Allemagne, après lui, nous envoie un docteur,
Du cerveau déplissé fameux démonstrateur;
Et Cuvier rend justice, en pleine académie,
A la dextérité de cette anatomie.
Mais que, pour discerner les bons et les méchans,
Sur le crâne, à tâtons, on cherche nos penchans!
Que les aspérités de cette boîte osseuse
Configurent une ame active ou paresseuse!

---

(1) M. Cabanis admet six tempéramens : les quatre des anciens,
et deux autres qu'il rapporte à la force sensitive du système ner-
veux et à sa réaction sur les muscles. C'est un des points remar-
quables de sa doctrine, suivant la très-exacte notice qu'en a don-
née, dans le temps, M. Moreau de la Sarthe.

Que la bosse du meurtre ait son siége affecté !
Que le toupet pointu porte à la piété !....
Ah ! si nous le croyons , gare aux protubérances
Qui seules entre nous , mettent ces différences!
Eh ! quoi, chez les Hurons , des enfans nouveau-nés
Les crânes sont long-temps pétris et contournés !
Enfin , leur enveloppe en casque est endurcie ;
Plus d'inégalités sur la superficie !
Le tact divinateur y serait en défaut.
Mais j'entends qu'on me dit : «Qu'est-ce donc qu'il vous faut?
» Ne voulez-vous donc pas des vérités nouvelles?
» Elles ont pris leur vol ; couperez-vous leurs ailes ? »
    Non, non , je ne viens pas , par des scrupules vains
Gênant mal à propos l'essor des écrivains,
De leurs opinions alarmer la franchise!
On ne s'éclaire point par force, ou par surprise ;
On veut examiner. La contradiction
Est le libre élément de la conviction.
Mettez dans ce creuset la raison égarée ;
Bientôt, par elle-même, elle en sort épurée.
J'honore les savans armés de leur scalpel ,
Pourvu que leurs arrêts ne soient pas sans appel.
Je ris , lorsque je vois la satire qui lutte
Afin d'abaisser l'homme au niveau de la brute (1) ;
C'est un jeu ; mais comment un semblable dessein
Est-il au sérieux pris par un médecin?
Combien de cette thèse abusa La Mettrie (2)?

_____

(1) Allusion à la satire de l'*Homme*, de Boileau Despréaux, la-
quelle est une imitation de quelques passages de Ménandre, comme
je l'ai prouvé dans ma *Philosophie des poëtes*.
(2) La Mettrie, indigne élève de Boërhaave, fut auteur de

De quels livres honteux sa mémoire est flétrie ?
L'Homme machine, ô Ciel ! son esprit de travers
Délaya le poison de ce texte pervers ;
Et notre langue, écrite avec trop d'élégance ,
Servit de passe-port à son extravagance :
D'un si noble instrument trop déplorable abus ,
Qui fit souvent rougir les Muses et Phébus !
La France s'en indigne , et tous ses bons ouvrages
De ce goût dépravé rétractent les outrages ;
Mais on n'a jamais pu comprendre par quel sort ,
Ce roi qu'on appelait le Salomon du Nord ,
Daigna sourire aux traits de cette œuvre insensée ?
Pouvait-il abdiquer son droit à la pensée ,
Et résigner ainsi la seule dignité ,
Le seul grand attribut par où l'humanité
De son rang sur la terre affermit la conquête ?
Autant vaut brouter l'herbe et se changer en bête ,
Comme cet autre roi jadis y fut forcé (1) ,
Ou comme les suivans d'Ulysse chez Circé.
Ulysse allait ramper avec leur troupe obscure
Sans le contre-poison que lui donna Mercure (2).
Oh ! qui nous versera cet antidote heureux?
Oh ! qui nous tirera du bourbier ténébreux ,
Où l'ame détrônée elle-même s'oublie ,
Comme un vin qui se gâte en restant sur sa lie ?
  Me trompé-je? mon vœu s'entend à Montpellier.

---

l'*Histoire naturelle de l'ame* , de l'*Anti-Sénèque* , de l'*Homme-Plante* et de l'*Homme-Machine* , livres auxquels la vivacité du style et la vogue de la langue française ont procuré malheureusement plusieurs éditions en Allemagne.
(1) Nabuchodonosor.
(2) Homère , Odyssée.

Quel bon livre, ô Bérard, tu viens de publier,
Sur cette question si profonde et si grave !
Galien, Sydenham, Haller et Boërhave,
N'auraient pas mieux remis à sa juste hauteur
Cet esprit, de nos sens invisible moteur.
De tout système vil honorable adversaire,
Que, pour un vrai plus pur ton amour est sincère !
Médiateur classique entre l'ame et le corps,
D'une solide paix tu dictes les accords.
Jadis, on soupçonnait que des fils d'Hippocrate
Le matérialisme était l'idole ingrate ;
On les calomniait. Désormais, je le crois,
L'ame, grâce à Bérard, a repris tous ses droits.
J'ai lu, j'ai dévoré sa doctrine authentique,
Et je voudrais la rendre en langue poétique :
La muse effleure tout du bout de ses crayons,
Mais comment tout réduire en deux traits? Essayons.

Si l'espace et le temps du corps bornent la trame,
Le corps, dans sa limite, est l'instrument de l'ame ;
Mais l'ame, moins esclave et du temps et du lieu,
Dans son indépendance est l'instrument de Dieu.

Voilà le mot, tracé par une main savante
Qui sait interroger la nature vivante !
Voilà le mot enfin qui ne m'a point surpris ;
C'est ce que je savais qu'il m'a bien mieux rappris.
L'auteur adresse à Dieu des mots pleins d'éloquence,
De tout ce qu'il a dit sublime conséquence (1).
J'ai toujours dans mon cœur et dans mon souvenir
Porté ce sentiment, que rien n'en peut bannir.

---

(1) Voyez la *Doctrine des rapports du physique et du moral de l'homme,* pages 372 et 373.

L'aspect du monde atteste un ouvrier suprême ;
Je le trouve encor mieux, quand je rentre en moi-même,
Je l'ai dans mes écrits professé soixante ans :
Heureux ou malheureux, j'ai dit dans tous les temps :
 O nature de la nature,
Être des êtres, Dieu ! nous devons l'avouer,
Tout ce que nous voyons est une énigme obscure ,
 Et toi seul peux la dénouer.
 Le premier culte est de te croire ,
Et d'adorer en toi la suprême bonté ;
Oui la bonté ! sans elle il n'est jamais de gloire ,
 De grandeur, ni de majesté.
 Je ne me suis pas fait moi-même ;
Je sens que je suis moi ; mais d'où suis-je émané ?
C'est par ta seule grâce enfin que je suis né ;
 C'est par toi que je pense et j'aime !
 Tu vois tout ; l'œil ne peut te voir.
O Dieu, partout présent, partout inaccessible ,
Te comprendre, il est vrai, n'est pas en mon pouvoir ;
 Mais t'ignorer m'est impossible !
 Du doute, je n'en puis avoir.
J'embrasse avec ardeur cette ancre où je me fonde,
Qui rend seule aux mortels raison de tout au monde
 Et dicte, en ces mots, leur devoir :
 « A la pareille il faut s'attendre (1) ;

---

(1) ...... *Est profectò Deus, qui quæ nos gerimus auditque et videt.*
 Is etsi tu me hic habueris, perinde illum illic, curaverit.
 Bene merenti, bene profuerit ; malè merenti, par erit.
   Plautus, *in Captivis.*

 Mais ici , comme dans toutes ses pièces, Plaute ne fait que tra-
duire littéralement du grec.

» Car un Dieu juste existe ; il a les yeux sur nous ;
» Quelque bien, quelque mal qui provienne de vous,
   » Tôt ou tard, il doit vous le rendre.
    » Le mal rend celui qui le fait,
» Plus malheureux souvent que celui qui l'endure ;
» Mais il blesse Dieu même, et l'ame injuste et dure
   » Un jour en sentira l'effet.
   » La bienfaisance qu'on envie,
» Fait du bonheur d'autrui sa joie et son désir ;
» Mais Dieu qui du devoir daigna faire un plaisir,
   » Lui garde une meilleure vie. »
   Du néant l'homme est donc vainqueur !
Qu'il sache se connaître, et, dans son impuissance,
Qu'il s'élève du moins à cette connaissance
   En répétant du fond du cœur :
   O nature de la nature,
Être des êtres, Dieu ! nous devons l'avouer,
Tout ce que nous voyons est une énigme obscure,
   Et toi seul peux la dénouer.

M. le comte FRANÇOIS DE NEUFCHATEAU,
de l'Académie française.

(EXTRAIT DU MERCURE DU 19ᵉ SIÈCLE, 87ᶜ LIVRAISON.)

IMPRIMERIE DE J. TASTU,
RUE DE VAUGIRARD, Nᵒ 36.